푸른사상
시선

68

별자리

박 경 조 시집

푸른사상
PRUNSASANG

푸른사상 시선 68

별자리

인쇄 · 2016년 7월 20일 | 발행 · 2016년 7월 25일

지은이 · 박경조
펴낸이 · 한봉숙
펴낸곳 · 푸른사상
주간 · 맹문재 | 편집 · 지순이 | 교정 · 김수란

등록 · 1999년 7월 8일 제2-2876호
주소 · 경기도 파주시 회동길 337-16(서패동 470-6) 푸른사상사
　　　서울시 중구 을지로 148 중앙데코플라자 803호
대표전화 · 031) 955-9111(2) | 팩시밀리 · 031) 955-9114
이메일 · prun21c@hanmail.net / prunsasang@naver.com
홈페이지 · http://www.prun21c.com

ISBN 979-11-308-0968-7　04810
ISBN 978-89-5640-765-4　04810 (세트)

값 8,000원

별자리

두 번째 시집을 묶는다

내 뼈의 첫 자리, 별은 하늘에만 뜨는 줄 알았지
가슴에서부터 뜬다는 것, 그때는 몰랐던,
나를 통과한 숨구멍들
내 뒤편의 무늬들인 것 같아
돌아보니 다 부끄럽다

또 다른 계절의 시작이다

2016년 여름
박경조

| 차례 |

제2부

제3부

제4부

제1부

밭농사

언 땅 맨발로, 매화 목단 작약 피워 지워내던
타성의 각성바지들
잉크꽃 붓꽃 이운 자리 바짝 다가앉아
맥문동 피워 대를 잇던 보라 일가
꽃분홍 진분홍 연분홍 봉숭아, 분홍 일가
처마 돌아 별채에 든 채송화 일가
어느 해, 첫서리 내린 날
어머니 주신 붉게붉게 번성하는 백일홍 일가

담장 따라, 원추리 참나리 환히 벙그는 장마철에도
살면서, 쉬이 속내 드러내지 못한 것
내 사랑의 방식인 걸 상사화는 알아차린 걸까
떨어져 쌓인 꽃 더미 속 자세히 들여다보는데
콩벌레 쥐며느리 진딧물 개미들
체면 없는 폭염 아래
저네들끼리 당당하게 구름 차양 쳐놓고
가만가만 새끼들을 치고 있다니
참, 다행이야

별자리

새파란 싹 숨구멍 내주던 동구 밖 미나리꽝

철사줄 박아 만든 앉은뱅이 그 썰매

작은오빠 몰래 한 번만 타본다는 게 그만

얼음 구멍에 발목까지 빠졌으니

모닥불 피운 논둑에 모여 앉아

나일론 양말 말리다 보면

졸음에 겨워 스르르 눈 감겨도

신기하지, 불똥 맞은 내 양말

구멍구멍으로 돋아나던 하얀 별

별은 하늘에만 뜨는 줄 알았지

가슴에서부터 뜬다는 것 그때는 몰랐다

빌딩숲에서 밤하늘 올려다보며 문득, 드는 생각

양말 벗어 말리던 또래들 두 볼도 별, 하나

나무라지 않고 집으로 데려가던

커다란 오빠 손도 별, 하나

갓 지은 저녁밥 아랫목에 묻어두고

나를 찾아 나온 엄마 목소리도 별, 하나
지금 내 가슴에 박혀 있는 총총 그 별들은

세상으로 통과하는 숨구멍

별

식은 밥덩이 같은 개구리 울음

써레질하던 아버지 빚진 늑골까지 차올라도

터진 둑 메워 논두렁콩 싹 내리던 당신

타박타박 그 논둑길 따라와서는

천수답 새들 논에 저녁밥 안치던

당신 등뼈에 새파랗게 돋던 개밥바라기

별,

철모르고 쌀밥 뚝딱뚝딱 비워낸

내 뼈의 첫 자리

아버지

— 무화과나무

— 애야, 꽃은 보여주는 것만 아니란다
무화과 꽃, 저 혼자 꽃받침 속에서 필 때쯤
독장골 나락 논에 엎드려 두 벌, 세 벌 김매다
휘어진 등짝으로 팔 남매 꽃피워낸 당신

— 무화과는 속에서부터 익는 열매란다
당신의 아이, 그 아이의 아이,
그 아이의 6개월 된 딸 민채를 품에 안고
줄장미 담장 곁,
30년 전 당신이 심어주신
무화과나무 곁에서
찰칵찰칵 가족사진 찍습니다

봄

툭 하면 콱 막혀
침묵하던 내 속, 모를 일이다

안 되겠다 싶어
서부 연합내과 내시경 앞에 조아린다
대장암과의 악연 염려했던 지난밤
비워내고 닦아내느라 몽롱해진 의식 앞에
적나라하게 일갈하는 과민성, 그뿐이라니
밀리고 터진 세파 근근이 다스려낸
갯벌 같은 몸 끝

끈적끈적 괴어오는 살아 있음의 비애, 여기까지일까

그나마 다행이다 싶어
4층 계단 맨발로 내려왔더니
병원 밖 묵은 플라타너스 옹이 끝에서
다시 새움 터 오는 봄

살아내는 법칙 거기에 다 있었다

어금니

시시때때로

내가 쏘았던 말의 화살촉

철없이 삼켰던 날것의 욕망

내가 씹다 삼킨 자객 같던 단맛까지

어르고 궁글리어 세상 속으로 내주더니

3월 앞마당에 작약 촉 붉던 날

그가 먼저 날 버렸다

이제는 이것저것 가려서 할 나이라며

궤도를 수정하는 몸,

목소리

무서리 덮어쓴 맨드라미
곱은 손 비벼
바싹 마른 씨앗 갈무리하는 입동 무렵
내 속을 빠져나간 씨앗들에게
두툼한 두둑 한번 올려준 적 없는
나 때문에 내가 몹시 아픈 날
빈 동굴 같은 내 몸 어디
삐걱거릴 뼈 남아 있는지
몸살이다

― 야야, 탄불 아끼지 말고 불문 활짝 열어라
그래야 산후통도 젖몸살도 다 낫는다
화원삼거리 박 목수 집 아랫채에서
쉬이 하혈이 멎지 않던 딸년에게
산후수발 다 하고도 발걸음 떼지 못하던
30년 전 그 목소리

가슴으로 만져본다

가만가만 보일러 스위치를 올린다
—울지 마라, 울지 마라
순리대로 살아라
붉게 붉게 한 말씀 더 얹어주시는
어머니,

호박

베란다에 방치된 채
겨우내 얼었다가 녹았다가
뼛속까지 허공이 된 몸
담장 아래 내다 묻었을 뿐인데

미처 읽어내지 못한 세상사처럼
곁가지만 만들며 가는 어리석은 내 방식까지 품어
다시 싹 내리고 꽃피워
칠팔월 땡볕에도 탯줄 맨 끝자리에
잔병치레 잦던 나를 앉혀 다스려낸 당신

── 호박은 늙으면 속이라도 달지만
다 늙은 어미 속은 소태맛이라, 아무 쓸모 없구나.

당신의 애끓는 노동가 뒤에서 나는 날마다 푸르렀습니다

그랬습니다
마땅하듯 차지한 다디단 이 꽃자리가

당신 애간장 다 녹여낸 깊은 속이란 것,

무서리 맞고 담장에 걸려 있는
마른 호박 줄기 걷어내면서
텅, 쓰디쓴 당신 속 그 소태맛의 배후에
단맛으로만 길들여진, 여태 생 속인 내가 있는 줄
아직 알지 못합니다

폭포

하늘과 물안개 하나 된 공산폭포
이쯤에서 한번 뒤돌아보거라
아래로만 흘러가는 물결에도
탐욕이 실리는지
절벽이다
온몸 얼얼하도록 채찍질하는
맵고 뜨겁고 차디찬 낙차에
무섭게 붉어진 개옻단풍 가지 사이로
애야, 여기 피해 갈 생이란 없단다
어머니 목소리에
살얼음 끼는 소리

밥

상강, 입동 다 지난
바람 찬 하늘 아래
세상일에 물색없는
어설픈 나를 위해
하늘 아랫목에 묻어둔
바알간 밥 한 그릇
이 밥 얼기 전에 어서어서 먹으라며
한 숟가락 고봉으로 덜어주시네
아직도 내 중심에 그렁그렁 서성이며
자식 밥그릇 챙기느라
텅, 야윈 젖가슴
뜨거운 허공이다

첫눈 나들목

서대구 나들목 빠져나가는 백미러 따라오며
듬성듬성 날리기 시작한 눈발
둘째 오빠의 첫눈이다

60년대 말 봉림역* 떠나 자리 잡은 울산 땅
한 몸에서 생겨난 제각각 여러 나뭇가지 중
애물단지 막내 여동생
자신의 뜰에 옮겨 키워낸 길

굽이굽이 물줄기 어스름 깔리는 태화강 지나
사진 속에서만 더욱 생생히 웃어주는
국화원 창밖엔, 어둠 깊이 만발한 눈송이들
내일이면 주전 앞바다에
생애 붉은 만장 훌훌 빨아 널고
봉수대 옆 한 그루 소나무로 서 있겠다는, 작은오빠

1년인데,
이별의 우련함보다

핑계 대며 외롭게 했던 내 사랑법의 후회처럼

다시 첫눈 흩날린다

오래도록 머리를 감는다

그러면 내 눈물 감출 수 있을까 해서,

나 되돌아 찾아가는 길

엄마를 보낸 그 길이다

* 중앙선에 있는 경북 군위의 작은 역.

우산

나만 모르고
누군가의 가슴속까지
흠뻑 적셔버린
장대비가 된 적은 없었는가

비 그친 하늘에 대고
우산 펼쳐 말리며 드는 생각
비를 피하려 펼쳐 든 내 우산에
내가 흠뻑 젖은 적도 있었던가

젖었다 마르고
마르면 다시 젖게 하는
세상이 다 아는 순리
나만 여태 몰랐으니

11월

선운사 깊은 호흡
천년 경전 앞에
묵은 단풍나무 밀치며
새파랗게 돋아나는 상사화
이 뾰족한 촉이라니

때 놓칠세라 적멸에 든
수북이 쌓인 단풍잎과
성급히 출발한 상사화 촉
두 생애의 대비가 이러한 절벽인데
휘몰아칠 혹한인데
할아버지가 죽고
손자들이 태어나고
붉음과 푸름으로 허물을 벗고 있는
명백한 이 경계를
상생이라 할 수 있을까,
순환이라 할 수 있을까

꽃받침

내 손이 닿지 않는
붙박이장 위칸은 뾰족한 허공
글쎄 오른손을 받치러 온 식탁 의자
허공 깊어, 섣부른 나를 내팽개친 것
금이 간다는 건
부러진 틈보다 오래간다는 것
오른쪽과 왼쪽
위와 아래
한쪽이 아프면,
나머지 한쪽이 더 쓰라린 것
한쪽이 베이고 나서야 알았다

한때 한 사람을 지극히 사랑했던 손
그 손으로 이별 또한 어루만져야 했던
가령, 양(兩)손이 꽃의 일생이라면
거친 세상과 쓰린 사랑 버무리고 치대던,
어미의 순한 손이 되기까지 팽팽하게 받쳐준
꽃받침 같은 내 손목,

이렇게 깊이 들여다본 적 없다

황태

포도밭 같은 덕장
낱낱의 무늬로 꿰여
바람의 속도와 눈보라의 무게 통과하면서
어느 바닷길에 두고 온
어린것들의 눈빛 각인된
실핏줄까지 다 비워내는
저 장엄한 의식이라니

굽이굽이 대관령 눈 구경 왔다가
가방가득 생이란 무늬들 꾹꾹 눌러
폭설에 갇힌 평창 빠져나가야 할, 나 또한
마르고 비틀린 포도알처럼 매달린
저 목숨의 비애를 남 이야기하듯 구경하지만
어쩌면
지금 내가 눈 감고 내다보는
차창 밖 스치는 흐린 덕장 풍경, 또한
어느 날 한갓 저잣거리의 구경거리가 될
내 뒤편의 무늬인 것 같아
돌아보니 다 부끄럽다

마지막 봄

스무 살이나 먹은 사과나무 분재가
올봄엔 가지가 째지도록
꽃 피워대더니
배꼽마다 가지가 째지도록
열매 맺었다
그 열매 다시 가지가 째지도록
붉어 터질 무렵
— 웬일로 올해는 오지게도 영글었네,
뱃살 튼 그녀의 절정 앞에서
한참을 서성이는데

가지 끝 새순부터 열매 정수리까지
긴장한 틈 사이로 물 빠지는, 늦가을 정오
저 뿌리가 이미 마지막 봄이었던 것을,
무성한 여름을 보내고 다시 봄이 될 때까지
저절로 맺히는 열매 없다며
혼신을 다한 저 생애 법칙은
평생 말해주지 않고 읽고 또 읽으라는
어머니가 남긴 두꺼운 경전이다

제2부

꽃

텃밭 말석에서 피어난
가지꽃 송이들은
하나같이 땅을 쳐다보고 있습니다
양지 쫓아 윗자리 옆자리
눈치 재는 시절에도
고개 수그려 땅만 바라보는
이렇게 자성(自省)이 깊은 식물 앞에서
참 부끄럽습니다

검은 봄

너무 깊이 포개진
밥그릇과 밥그릇이 꽉 물고
싸움박질하더니
이 빠지고 깨졌다
아침밥 배불리 먹고
개수대 설거지통에서 일어난 일이다

엇비슷한 것들의 끝장에도
봄이 오긴 오는 걸까

권력이 권력에게
우등이 우등에게
검은 속 감추려
사방 연속 힘겨루기 하는 비겁한 계절

보아라
누가 정해주지 않아도
순서대로 피어나는 봄꽃들

저 환한 출발을

퐁퐁 괴어오르는 개수대 거품 속 같은
돈 보따리 난장판, 오리무중 어떤 봄은
아직도 진행형

검은 밭

수평선도 하늘도 보이지 않는
어둠만이 갈기를 세워
밀려왔다 금방 돌아서 간다
실오라기 하나 걸치지 않은
파도와 어둠을 응시한 내 시야에
이제사 뚜렷하게 윤곽을 드러내는
이 땅의 음모들, 거대 담론들만 희번득일 뿐

어디에도 사람은 없었다, 없다

어둠도 깊이 껴안고 응시하다 보니
보여주는 마음 있어
4월의 꽃 흩날리던 진도 앞바다
그날 그렇게 멈춰버린 시간 속에
세월의, 세월 흘러도
차디찬 맹골수도 여태 맴도는
저 어린 나비들
어루만질 수 없어 가슴 콱 막혀오는

새파랗게 소름 돋은

우리 아이들의 어깨다

나는, 다시

맨손으로라도 이 땅의 검은 밭 매야 할

눈물이다, 어미다,

* 2014년 4월 16일 세월호 참사로 숨진 단원고 어린 목숨들의 명복을
  빌면서.

3월

중앙도서관 목련 이미 다 피고
발갛게 긴장한 명자꽃, 저도 폭죽 치켜든 찰나
캄캄해지는 하늘
회오리바람까지
횡단보도 옆옆 따라 사열하듯 서 있는 가로수
쿨룩, 쿨룩
여태 제자리 찾아가지 못한 작년 것의 이파리들

네 추락하는 순간부터 내 자리라고
하늘 끝가지부터 새순 막 내리 돋는데
그 맹렬한 경계 나뉘며
구직 명패를 가슴에 매달고
오스스 몸살 앓는 3월은
늘, 그랬지

4월

천지갑산에 올라
천지를 내려다봅니다

휘감긴 물굽이가 태극 무늬를 그려주는
굽이굽이 길안천, 치솟은 산길 끝
팽팽한 밧줄 타고
언 발 풀고 있는 4월
환한 손거울 지닌 진달래꽃, 잎잎 속
사라진 역사 비추어줍니다
붉은 꽃잎을 젖히고
아우성처럼 튀어나오는 꽃술
여린 목숨들의 귀환입니다

세월의 숨결 고른
모전석탑 둘레에 앉으니
전생에 돌탑 쌓던 괭이밥 일가도
땅을 다져 파란 촉 내미는
아문 손 봅니다

하중도*

중심에서 누락된 씨앗들
떠내려오다 멈춘
모래톱과 풀 섬을 유린당한
철새들 모여드는
제 속엣것 다 내어준,
퇴적물 모여 섬이 된 하중도
섬 밖 윗동네엔 온갖 뉴스로 얼룩진
병든 봄 출렁거려도
떠밀려와 만난 우리는
세상의 일, 한 구절 한 구절
꽃으로 잎으로 키워본다

여전히 바깥세상의 봄 거칠어도
맨손으로 밭갈이하고 씨앗 뿌리며
변방의 생명들 뜨겁게 품는 섬
오늘도 강 건너 미루나무들
하루 종일 서서
차르르 차르륵 이파리 피워 올린다

하중도

하중도의 봄

* 금호강의, 퇴적물이 쌓여 만들어진 섬으로 팔달교와 서변대교 사이
  에 위치.

사진각구 팝니다

— 사진각구 팝니다.
해동 세차장 고무호스가 뿜어 올리는
물보라를 통과하는 삐뚜름한 좌판 있다
푸시킨, 삶이 그대를 속일지라도……
칼 부세의 산 너머 저쪽에서 걸어온
때 전 목도리 걸친 맨발의 웬 여자도
붉게 붉게 만발한 모란꽃 액자 앞에서
— 인제 봄인갑네.
환하게 혼잣말 중얼거려도
후쿠시마 방사능 비 검붉은 예보처럼
무사히 오는 봄, 본 적 없지

그렇다
만발한 액자 앞에서 웃을 줄 아는
저 행려의 여자나
어쩌면 캄캄한 봄, 다시 헤맬 나 또한
가슴 깊은 곳에 걸어두었던
알 수 없이 쓸쓸하고 사무치는
저 사진각구란 말,
세차장 앞 사거리에 봄빛으로 번겨간다

민달팽이

시위하듯 4월은 우박을 내리쏟고

민달팽이 한 마리

도심의 붉은 난간을

느린 음표처럼 걷고 있다

메트로팔레스 14층

아흔 살 잡수신 노병의 궁전

한때, 강렬하게 꽃피우던

무성했을 그의 숲길에도

청춘의 잔해처럼

듬성듬성한 턱수염만 고요할 뿐

척추장애 1급 판정, 유일하다

주차장 입구에선 봄나들이 나선 벚꽃나무와

천사 요양센터의 이동 목욕차가 교행을 한다

이 땅의 아버지, 참전용사 그가 걸어온

굴곡의 길 엿보며

내려앉은 등짝에 비누 거품을 게워 올린다

어둠의 무게만이 적요한, 궁전의 창틀에

봄 햇살 스치듯 한 생 지나간다

얼룩

땡볕 그림자에 떠밀려 기우뚱거렸지만
우리 얼마나 밑바닥에 서 있었는지 알지 못했다
2년 시한부 계약 시퍼런 서슬 아래
코피 터지도록 바짝 엎드려
정규직으로 가는 길, 해피데이를 꿈꾸었지만
오늘도 지상의 정점에는
탈락된 목구멍들 아득히 정체 중

세 번을 갈아타야 지상에 오를 수 있는
지하철 수성구청역 에스컬레이트
다시 고용 승계 애원하듯
츠륵, 츠르륵
마지막 계단 톱니 꽉 물고 설핏 비켜가는
정오의 심장에 쿡,
발자국 찍어보는 저 청년의 등짝
아직 때 아니라고 단풍도 낙엽도 되지 못한
중국단풍 가지 사이로 얼룩얼룩 표류하는
섬 하나

봄, 꽃

동사무소 마당귀
목련 한 송이 삐죽 솟아
필 참이다
한로 지난 가을철에 웬 봄꽃?

6개월짜리 계약직에라도 기댈 수 있어서
파란색 조끼 여며 입고 목련 아래 모인 노인들
비어 있는 보일러 기름통 걱정은 뒷전인 채
내일은 고장 난 틀니 손봐야 한다고
철없는 봄꽃 이야기 섞어가며
자신의 한 뼘 미래 슬몃 내려 보는 지상에는
뉴 노령연금제마저 갈피 없는
광합성을 멈춘 계절, 빨라지는 발걸음뿐

양파

창녕 들판 모종 작업 오늘도 꽝일세
가을비 대놓고 가로수 잎사귀 흔들어대니
터진 손금 안에 척 달라붙는다

늦가을에도 촉 내밀어보는
양파 싹 같은 당찬 시절 왜 없었겠냐만
하늘에 해 박힌 날은 그나마 재수 좋아
일당 5만 원
여태 가장의 등짐 벗겨내지 못한 내력이란
비정규직 전전하다 제 인생 줄마저 놓아버렸으니
자식의 눈물 또한 내 죄인데
어찌 속속들이 말로 다 하겠냐며
궂은비 맞고 있는
서부정류장 언저리 인력시장 대기실
맵고 아린 양파 속 같은, 저 어매 속
한 겹 한 겹 벗겨낼수록
끝내는 눈물이다, 이 땅의 현실이다,

젖무덤

돌아갈 길 없는 벼랑이다
북부 지방에서 점화된
들불 같은 구제역 파문 앞에
이웃들도 수의사도 속수무책인데
온몸을 헐어서라도 제 새끼만은
결코 포기할 수 없는
세상 어미들의 최후의 사랑법인가
보채는 새끼를 품고 퉁퉁 불어 붉은
마지막 젖을 먹이는 커다란 눈망울의 누렁이
최선을 다한 한 생애도
하늘 가장 가까운 곳으로 내몰리고 만
저 차디찬 몸 자리

노산 후의 마른 젖, 헐어질 때까지 빨아대던
잦은 젖몸살로 키워낸
내 엄마의 역사도 저러했을까
어느 후생에 부모 자식으로 또다시 만나자고,
티비 화면 가득 파놓은 눈구덩이 위에
쨍그랑 쨍그랑 워낭 소리 귀 때리며
눈보라 치는 날이다

낙동강

저 별들은 기억할까요
황지에서 부산까지
순리와 질서 거스름 없이
뜨거운 젖줄 척 안겨주던 젊디젊던 당신을
왕버들 물풀 우거진 새벽 강물에
머리 감고 피어나던 이른 봄날의 풀꽃들
싱싱한 근육 뽐내며 몍을 감던 물고기와
풀 섬의 풀씨와 별빛을
신나게 물어 나르던 곤충과 철새
당신이 키워낸 그 많고 많던 자식들을

그런데 어머니, 여기 와보세요
오로지 살리기, 살리기 위한다던
그 몰염치의 프로젝트가
이리 저리 베어낸 물길 끊긴 이 강변에서
손톱 빠지고 발가락 뭉개진 기형 물체 되어
아프다, 아프다고 신음 중인걸요
어쩌지요 어머니

살려야, 살려내야 하는데

강물은 흘러가야 하는데

푸른 젖줄 핑그르르 다시 돌려야 하는데,

아픈 자식들 일으켜 세워야 할

당신의 절규를, 당신의 일생을

오늘 밤 강변에 뜬

저 별들은 이해할까요

얼음 구멍

끄-응, 용을 쓰며 제 몸을 끌고 가는 금호강 따라
진눈깨비 흩날리는 저물녘
온종일,
결빙의 틈 입질해대다 제 그림자만 뜯어내던 철새 떼
강변 어디 갈대숲에라도 깃들었을까

한때의 기회
뭉게뭉게 치솟던 염색 공단 하늘 어디
제 별자리 하나 밝히려던 아산카[*]
머나먼 땅 어린 아내와의 언약
얼음새꽃[**]처럼 빛나는데
굴뚝마저 벌목하는 세기의 불황은 얼음 구멍 속인가

어디 가서 이 땅의 해빙 기다려야 하는지
낡은 세탁기에 기대어
공단의 골목 빠져나오는 이방인의 이삿짐
어느새, 맨발로 따라나선 보름달의 수신호에도

팔달교를 건너는 헤드라이트 불빛

좀처럼 뚫리지 않는다

* '코리안 드림'을 꿈꾸며 한국을 찾아온 외국인 근로자.
** 이른 봄 눈을 녹이며 피는 꽃.

개옻나무

날마다

창창한 초록으로만 빛날 생이라고

진짜인 척했네

버리고 떨구다 시나브로 점 하나로 멈춘

옹이까지 다 드러낸 저 나뭇가지

뒤돌아봐야 할 길목이라고

종아리를 친다

연초록에서 초록으로

짙은 초록에서 붉음으로 이르는 길

온갖 색깔의 순환을 만류한 채

정점을 향해 오르기만 한 적 있었다

올라가다 보니

여기 이 동네에도 산 아래 저 마을에도

척, 척 하는 온갖 구호들로 시끌벅적하여도

저 혼자 적멸에 든 개옻 단풍

'참'으로 완성된 저 붉음이라면

'개' 자의 경계에도 참으로 무성하리

제3부

1인분의 하루

사거리 지나 구청 가는 길
구급차 사이렌의 여운, 채
가시지 않은 신호 대기선에는
초록색 마티즈 룸 미러 당겨
구름 피우듯 볼 터치하는 출근길의 여자
검정색으로 포장한 신차 꽁무니 따라
입석 버스 손잡이에 매달린
나의 하루도 출발입니다
어린이집으로 몰려가는 노란색 승합차 함께
아, 배추 열무 정구지 양파 고등어……
생의 구색 빼곡한
이동 식자재 마트 차 씨 트럭도
저마다의 희망가를 지어 부르며
불확실한 세상 속으로 출발할 모양입니다
시시각각 장엄한 하루 살아낸
오늘 저녁 아홉 시 뉴스는
어떤 메뉴 차려낼까요

구색을 맞춘다는 것

월성아파트 담벼락 쭈─욱 따라가면
한겨울에도 비치파라솔 턱 하니 펼쳐든
덕이 아지매 간이 채소가게 있다
푸들푸들한 갖가지 야채에 계란까지
지난한 노숙의 좌판에도 나름,
제자리 깔고 앉은 폼이 당당하다

콩나물은 구색으로 들여놨지 돈이 되나 어디,
검은 조각보 들춰내고 느릿느릿 천 원어치 솎아내며
볼메는 덕이 아지매

땅 맛도 보지 말 것, 햇빛도 보지 말 것,
때때로 물만 퍼 먹이면서
가장 응달진 자리에 앉아
세상의 구색이나 맞추라 채근하지만
가슴 뻐근하도록 촘촘히 스크럼을 짜는
콩나물 숲처럼
신 새벽, 언 별빛으로도 골목골목 닦아주는

미화원의 뒷모습처럼

좀 더 파랗고 좀 더 노랗지만

좀 더 크고 좀 더 작은 자리지만

서로가 서로의 구색을 맞춰주는 저 상생의 배려,

숨구멍

수돗가 흙 얼금얼금 내려앉는다

옆집과의 경계인 콘크리트 담장까지

위에서 아래로

옆에서 옆으로

맛배기로 실금 살짝 긋더니

오늘은 대놓고 쿵 꺼져버린다

대영 설비 보조 미장쟁이 장 씨

얼어터진 수도 배관 들어내면서

땅도 숨을 쉰다는데

오욕 덩어리 도시의 땅,

들숨 날숨 죄다 틀어막고 있다 한다

살아가는 방식 또한

숨 쉴 수 없이 막혀 내려앉을 일 많겠지만

마당은 또다시

겨자씨만 한 숨구멍 찾아

붉은 봉숭아꽃 수북수북 피워주려는가

미안하다

어쩌나

처음에는 숲에 들어온 것처럼 반가웠다

양지꽃 구슬붕이 현호색 노루귀

철없이 따라 나온 풋망개까지

문예회관 전시장, 통유리 속에 붙박여두고

이쁘다 이쁘다며 호들갑 떠는 도시 구경꾼들

피에로 같지?

봐라

들꽃사랑 전시장 밖 햇살 너른 잔디밭에는

아직도 이름을 얻지 못한 키 낮은 풀꽃들

그래도 생긋 웃으며 숨은 그림으로 생생하다

그래,

창틀 하나 사이에서 너와 나

외눈박이 사랑, 하고 있었구나

로데오 골목

50% 할인,

22인치 허리의 그녀가 방금

두툼한 목도리를 두른 채

체크무늬 미니스커트 갈아입고

호객을 시작한

수성구청역 에스컬레이트 끝

여기는 로데오 골목

그 입간판 위로 대각선 혹은 대칭으로

각양각색의 말(言)들로 현수막을 내다 건

유명 입시 학원들과

시시때때로 발가벗기는 마네킹들

꿀사과 왔어요, 달고 시원한 꿀사과,

오늘도 쉰 목청으로

통유리창 타고 반사되는 핸드마이크

을씨년스러운 11월의 비

사선 긋는 사이로

주룩주룩 지워지는 리어카의 바퀴 따라

이 소리 저 소리 섞여야 제맛 나는 세상이라고

금세 빗줄기 눈발 되어 흩날린다

살벌한 이 자본주의 골목에

문득문득 와주시는

달고 시원하다는 말, 저 목소리 없으면

얼마나 쓸쓸할까, 재미없을까

물때

하늘과 바다 출렁출렁 시침질해놓은 수평선 타고
나, 어제와 별반 다를 바 없는 세파에 밀려왔다가
갈매기 날개에 깃들었다가, 다시 휑하니 빠져나온 선착장
여기, 석화 해삼 성게 꿈틀꿈틀 사무치는 좌판 있다

오늘도 예사롭지 않은 손끝으로 바다를 주무르는 저 아낙
바람에 궁굴어진 덧니 살짝 드러내며 하는 설명인즉
— 이거 다 내가 물질해서 따 온 거라, 고
묵은 미역 줄기처럼 뻣뻣한,
간이 빨랫줄에 널어놓은 옷 한 벌에서
뚝 뚝 떨어지는 저 수화, 매물도*의 내력을 쓴다

제 속엣 까지 새파란 물결 일으키며
방파제 허리 깊숙이 봄, 다시 넘실거려도
철저하게 빠져나가서는
언제 다시 가득 차오를지도 모를

생애를 위하여

물때는 기적처럼 등대섬을 허락할까

* 경남 통영에서 뱃길로 약 20km 해상에 위치.

어느 봄

체위 변경을 해주며

요양원 밖

막 움트기 시작한

가죽나무 새순 이야기부터

봄소식 수다로 옮겼더니

맨발로 소복소복 밑거름 다져

육 남매 처처에 심던

한 삶이 걸어온 어느 봄

내가 다시 듣는다

활짝, 활짝 피워낸 여섯 꽃자리

차츰 발길 뜸해진 봄, 봄 다시 와도

좌측 편마비, 양쪽 하지구축의 몸 되어

― 봄날이 와 이래 지엽노*

텅, 모래사막에 갇힌

일흔아홉 덧없는 사투리

내 실습 일지의 마지막 한 줄

* '지루하다' 의 경상도 사투리.

아버지의 봉다리

새마을 오거리 노점상들
동서시장 중앙통에 다 모여들었지만
환한 아케이드형 건물 뒤편에는
입점의 기회 놓친 비치파라솔 한 채 서 있다
며칠째 내리는 장맛비에 실밥 풀린 정수리
직방으로 들이치는 빗줄기를
강낭콩, 깐 마늘, 호박잎이 간신히 받쳐주고 있다

늦은 오후
장꾼들 발걸음 잡는 리어카 과일전에서
자두 한 소쿠리 찰토마토 한 소쿠리
비닐 봉다리에 수북 담아 묶으며
재래시장 다녀온 아버지 손 받아들고
활짝 웃어줄, 막내 녀석 생각하는지
궂은 날씨에도 덩달아 들썩거리는
수필가 김 선생, 뒷모습

말복

막바지 여름 꽃들 속속들이 피어나는
쩔쩔 끓는 열대야
한 차례 소낙비로 등목을 한
늙은 감나무 곁에서 깜빡 눈 붙인 사이
이열치열 새벽부터 매미도 목이 탄다

밤샘 대리운전으로 충혈된
2층집 나연이 아빠의 마티즈와
하림 생닭 탑차가
오늘도 골목 끝에서 엇갈린다

노숙의 비루함에도 스쳐간 사랑 있어
복더위에 새끼를 밴, 길고양이 한 마리
아직 수거해 가지 않은 쓰레기 더미에 붙어
필생의 밥상 차리는데
투둑 새벽별 하나 떨어진다

새파란 금㊫줄이다

공범

텅 빈 지갑 들고 우체국 간다
횡단보도 가로지르는 무수한 잎 잎
분지에 오는 첫눈이다
펄 펄 속도 붙은 눈발에 눈길 주다가
판판이 오류 날리던 손끝으로
비밀번호 훔쳐낸 지폐들
제 것 적선하듯 쥐어준다
현금지급기 문 밖엔 금세 눈 쌓이고
누군가 흘리고 간 지폐, 불편하다
움켜쥔 2천 원, 이미 저지른 일,
이 골똘한 적요의 숲
문득 수신 중인 보이스 피싱의 새빨간 이빨
내 손목 꽉 물고는 우리 공범 맞지
맞지, 맞지…… 환청도 다그치니까 맞다
세상의 일 때도 없이 검은 눈으로 덮이듯
아무 일 없다는 듯 아직 내 손에 숨겨놓은
2천 원,
마당귀의 천리향
꽃눈 뜨고 잠복 중인걸, 참

꽃가라 풍경
— 현풍 오일장

낙동강 모래톱 따라 터 잡은 현풍장

신새벽 마수걸이 재수 좋아

풋고추 가지 오이, 얼추 다 흥정한 하리동 아재

막걸리 두어 잔에 불콰한 한나절이다

근동의 사람살이 이 집 저 집 퍼 나르는

원조 할매 소구레 국밥집

묵은 선풍기 저도 목이 쉬어 벌건

시원찮은 재래시장 경기에 주눅 든

그 속사정 적막하다

인근 오일장 돌며 할매 패션 20년

하루 매상 절반은 장터마다 외상 깔고

장날 몇 순배 지나도록 안 보이는 단골 할미

덜컥 세상 버렸다니

더러는 꽃가라 옷 구름 되는

외상값 같은 생의 순간들,

장터마다 새겨보는 저 꽃가라 풍경

붉디붉다

봉덕시장
― 유과집

듬성듬성 핀 개오동, 꽃그늘마저 배고프던

신천 굽이굽이

육이오정착촌, 일본군 80연대, 캠프헨리에 이른

엇박자의 역사 맥 짚어온 봉덕시장 가보시라

맨땅의 거기

언 병아리 같은 자식 여럿 뜨겁게 키워낸

상주 전통 손 유과집 어무이 사신다

돌아보면

남루하게 펄럭이는 청춘의 편린만 장터에 떠돌 뿐

정직한 손맛조차

길 건너 대형마트 그 도도한 구색 틈에

진열될 일 만무한데

장터에서 키운 자식 유독 더 아픈 놈 있어

여태 자책하며 눈자위 붉히더니

휘어진 세월 거짓말처럼 펴서는

손국수 한 판 반죽하신다

반짝, 정오의 햇살 같은 칼날로

한 치 오차도 없이 단숨에 썰어내는

면발을 따라가면

재래시장 재개발 현수막, 펄럭이는 봄

명자 할매

지하철 큰고개역 내려
동서종합시장 속 들여다보면
변방의 사람들 견딘 내력 새겨진
내 고장 할인마트, 명문 돼지국밥집, 스마일 빵집 등
삶의 구석 꽉 채운 백여 개 점포 살아간다

시장통로 삼거리
이동 커피 마니아 점주인 41년생 명자 할매
젊은 날 이화여대 앞 이사베라 양장점에 취직하며
큰 기술자 되어 전쟁고아들 돌보고 싶었다는데
시절 따라 큰고개 동네로 시집오던 날
그녀의 희망 또한 꿈으로만 저물었다며
뜨거운 커피 향 뽑아 올린다

시장 재개발 이전에는
비바람 속 떠밀려 다녔지만
늘그막에, 세상의 봄날에 폐 끼칠 일 없는
내 인생의 특설 무대라며

시장 사람들 특별한 행사 날에는

자신의 무대 척 내어준다며 활짝 웃는 꽃

여름비

함몰된 보도블록에 고여 있는 빗방울
두류공원 회전 탑에서 내려왔을까
비둘기 두 마리
콕 콕 빗방울 건져 목 축이는

플라타너스 좌판 짙푸른 그늘에도
빗방울 빗방울,
헌 잇몸 드러낸
현풍 할매의 애호박 초록 탑
그늘 둘레를 맴도는데,

예고도 없이 나를 때리던 빗소리
보폭을 좁히며 집으로 가는 길

젖은 바짓단 걷어 올리며
성당못역 정류장 나무 의자에
앉지도 서지도 못하고 엉거주춤한 내 앞으로

서서히 진입했다가 황급히 출발해버린

600번 버스 등짝에 활짝 무지개 걸어주는

제4부

폭염

담벼락 아래 머위잎,

손바닥만 한 그늘까지

사정없이 태우고 있습니다

듬성듬성 남아 있는 그늘,

거기

지렁이 한 마리 소신공양 중입니다

늪

자두밭 진입로에 느닷없이 빠져버린 자동차

모를 일이다
다시 먹구름 떼로 몰아오는 장대비
빠져나오려 발버둥 칠수록
그 오기만큼 깊어지는 미궁 앞에서
이미 잘못 든 길이라는 것 알아차렸을 때
직진도 후진도 불가능한,

저 수렁 속 끝이 어딘지를
지금 나는 묻지 않기로 한다

소용돌이 선명한 바퀴 자국에도
다시 꽃피우고 지워내는 법칙 있을 것이므로
레커차가 도착하고
늪의 깊이를,
상심한 나를 들어 올려야 한다는 것,

경북선

당신,

코미디 같은 세상에 열 받아 노여울 때

경북선 열차에 승차하시라

덜컹 덜커덩 다소 불규칙적인 보폭의 무궁화 열차는

측백나무 잎잎 같은 옛 편지를 다시 읽듯

청리나 옥산역 플랫폼 어디쯤 내려주리라

앞다투어 하얗게 자두꽃 피는 차창 밖에서

제 모습 비춰주며 손 흔들어줄

별정우체국의 깃발도

덤으로 만날 수 있을 것 같아

내가 밟는 내 속도에 뒤뚱거릴 때

세상 눈치 보지 않고 덜컹 덜커덩

리듬을 탄다

숨 고른다는 것

도라지 씨앗 넣을 밭 일굽니다
겨우내 어둠 달래느라
얼기설기 얼어붙어 채 녹지 못한 산 1번지
거친 땅 삽으로 갈아엎으며 앞서가는 당신과는
시시때때 걸려 넘어져서
비 온 뒤에도 더 다글거리는 자갈밭 같은 관계라
기우뚱 불안해진 속도 숨 고르기 하듯
괭이로 자갈 골라내고 두둑 세워
이랑을 만듭니다

그 자리에 거름을 넣고
한 생을 압축한 쬐그만 씨앗 뿌립니다

컴컴한 저 뱃속에서
꿈틀대며 다시 올 봄날은
노랑나비처럼 팔랑
옆자리까지 환하게 잇대어줄까요

문양역*

한철 놓친 얼갈이 봄 무,
쭉 뽑아 올린 목울대에 기대어
하릑하릑, 파르스름한 꽃 피워댑니다
그 향기에 매혹된
어수룩한 배추흰나비 떼 한 무리도
방금 도착한 모양입니다

개찰구 앞에서 누군가를 기다려본 사람은 알까요
내 앞에 펼쳐질 희망에 대하여,
끝내 올 수 없는 한 사람 그 막막함에 대하여,

꽃 같은 청춘이야 남의 일 같은 지금
배추흰나비에겐 한물간 무꽃이
필생의 역일 수도 있다는 것을,
사랑이라는 감정 또한 죽을 때까지
소멸되지 않을 수 있다는 것을,
문양역 개찰구 앞에서 생각해봅니다

* 대구 지하철 2호선 종점.

송림사 밤별

불빛 찾아 뛰어든 하루살이들
저 절체절명의 순간 앞에
배경 음악에 가려진 줄 모르고
자작시를 낭송하는 시인들

절간 문을 나선다
아 여기 정말 부처의 말씀 있네
물소리는 어둠 속에서도
어둠 다 지우지 않고
돌돌돌 흘러가고 있네

도랑물 따라 물달개비 꽃
이마에 밤별 얹고
환히 피려는데
찬바람 분다며 쨍그랑 기척해주는 별빛
저 배려,

반월당의 입동

도심 깊숙이

붉은 잎들을 툭툭 털어내며

재빠르게 흩어지는 반월당의 늦가을

빌딩 높이 열린 길

날지 못하는 사람들 웅성거려도

통유리 창 두드리며 단풍잎 솟아오른다

끊어지고 이어지던 서툰 말의 아픔 위로

한 잔의 찻물 숨 막히게 끓어 넘치던

지난밤의 뒤척임

날아보고 싶은 희망으로

삼성빌딩 회전문 들 때

내 어깨 툭 치는 단풍잎 따라

5층 투명 난간에 앉아본다

단풍도 저렇게 자신을 닮은 사람 찾아다닌다며

맑은 이맛전 쓸어 올리는 김 시인의 유머 속에

반월당은 문득 시(詩) 속에 묻힌다

동봉*

바람보다 먼저 입동에 든
동봉 찾아간다 내 속의 맨 꼭대기
서둘러 열매 다 털어낸 숲으로
사륵사륵 첫눈 걸어오고 있는 소리
깊은 골짜기 따라 다시
마을로 내려가고 있다

나 오늘 갈비뼈 다 드러낸 동봉 곁에 누워본다

살아가는 일이란
세상의 빈 가지 흔들며 바람 가끔 생떼 쓰겠지만
풀씨 하나 살아가는 일조차
어머니 양수처럼 세상 끌어안고
스스로 뿌리내림에 몰두하고 있는
산죽(山竹) 푸른 숲에서 자맥질 배운다
이 세상으로 건너와 뛰어노는 아이가 되라고
만삭의 배를 내미는 아침

뿌리는 가지 끝으로 걸어가

탯줄을 자른다

* 동봉 : 대구 팔공산 해발 1155고지의 봉우리.

삼천포 우체국

.

삼천포 사람들이 차려놓은

한려해상의 섬들, 섬마을

노산공원의 늙은 동백나무,

그도 느즈막이 뱉어낸

선홍빛 꽃,

그 인고의 꽃잎 우표

청춘

청춘만큼 봄은 짧아
멀리 산벚나무가 쳐놓은 분홍 차양도
금세 걷어낸 깊고 붉은 팔공산
켜켜이 차오른 한때의 초록으로
제 속에 갇힌 천둥소리 있었을까
저토록 타오르는 거 보면,
계절이 몰고 가는 세월의 조수석에 앉아보니
신뢰했던 청춘도 금세 사라진다는 것
변하지 않을 뒷모습 또한 없다는 것
뭣도 몰랐지만 핏대 세우며 살아왔다고
눈자위 붉히면서 북북 우겨보는데
조락의 단풍 길이
백미러 속, 한 점으로 사라지고 마는
그런 나의 뒷모습 빤히 보는 것만 같은데
그래, 우길 일도 아니었는데
우겨서 되는 일 하나 없는데
오늘처럼 청춘에게 욕심 부린 적 처음이네

철나지 않은 채 살아온 길,

순환도로

혹시

찾지 못한 길 있거든 겨울 바다로 가보자

무성하게 우회하는 해안도로 끝으로

사람들은 저마다 오랜 등대 하나씩 품고 간다

그 끝에서 시작되는 바다

바다는 섬을 찾아가고

나는 삶의 모서리들 부딪치면서

순환도로 절반쯤 걷고 있는 중이다

살면 살수록 버릴 것이 많은 길

가끔 팽팽하게 되감겨 돌아가고 싶은, 나는

비상 활주로를 탐색 중인 도망자는 아닐까

나의 시공에 얽혀 막막한

문득 이탈하고 싶은 서 모서리들

이 세상 그 무엇도 진정한 끝은 없다

탁발

불국사 석탑 난간 따라

탑돌이 하는 빗방울

이제 그만

눈 뜨고 입 떼보라고

밤부터 내려주는 봄비

오소소 바알간 촉 내민 보리수나무도

막 꽃눈 트는 목련나무도

차디찬 빙벽 건너와

목피(木皮) 찢어 받아 듣는 설법

인면수심(人面獸心)의 세상 속으로도

손 내밀어준

꽃과 잎, 붉음과 푸름 사이

탑돌이 따라나선 내가 있다

발

일주문 밖 내다건 산목련 수북한 날
아랫도리 아리고 다 젖도록 예까지 오는 길
겨우내 쌓인 폭설 휘 흔들어
한번쯤 툴 툴 털어낼 만도 한데
묵언정진, 잔설 녹여내는 가야산
두툼한 내 발등 내려다본다

하 많은 길 놔두고
매번, 가지 말아야 할 길 배회하다가
티끌까지 수북 얹어 돌아 나온 오체투지의 발바닥
층층 녹아내리는 우렁찬 계곡물
그 발 내밀라한다
이렇게 엉겨 붙도록 쌓아두는 것 많으면
자꾸 걸려 넘어지는 것 생이라며
얼얼하고 시린 힘으로 내 발가락 씻어 주는데
마음 다잡고 근신할 일,

제 몸 녹여 내놓는 새순 같아서

해인사 간이 매표소에서 화두 하나 받는다

희망의 성좌

박형준

시는 언어를 통해 세계와 교감하는 예술 양식이다. 하지만 시는 산문과 달리 '보이는 세계'를 그대로 재현하는 서사 양식이 아니다. 시는 눈에 보이거나 귀에 들리는 세계와의 관계 맺기가 아니라, 오히려 우리 눈에 쉽게 포착되지 않는 사물이나 대상과의 새로운 관계를 생산하는 표현 방식이다. 때때로, 시가 사물과 언어의 관계를 새롭게 구축하기 위해 언어적 전위와 급진적 구성 방식을 택하기도 하는 것은 이 때문이나. 하지만 서정시의 언술 방식이 세계와 언어 사이의 내적 합의를 파기하는 형태로만 성립되는 것은 아니다. 아주 일상적이고 친숙한 시적 언어를 사용하더라도, 얼마든지 우리 삶의 어두운 부분을 발견하고, 그속에 새로운 빛과 온기를 부여할 수 있다.

박경조 시인의 두 번째 시집 『별자리』는 그런 따뜻함을 가진 작품집이다. 이를테면, 『별자리』는 "불문"을 "활짝 열"고 아낌없이 자신을 태워 열기를 뿜어내는 "탄불"(「목소리」)의 호흡을 보여주고 있다. 특히, 그녀는 이질적이고 낯선 비유를 직조하는데 골몰하지 않으며, 힘겹게 하루하루를 살아가고 있는 이들의 소박한 목소리에 귀 기울이고자 애쓴다. 불확실한 현실 속에서 "이동 식자재 마트"를 운영하며 살아가고 있는 "차 씨"(「1인분의 하루」), 또 "쿵 꺼져버린" 생의 바닥을 찾아서 "금"이 간 삶에 다시 희망을 바르는 "설비 보조 미장쟁이 장 씨"(「숨구멍」), 그리고 도시의 가장 "응달진 자리"에서도 "상생의 배려"를 잊지 않고 살아가는 "덕이 아지매"(「구색을 맞춘다는 것」) 등이 그 예이다.

시인은 보이지 않는 존재를 가시화하는 섬세한 촉각을 지니고 있다. 이와 같은 감각적 역량을 감수성(sensibility)이라고 부른다. 감수성은 일상의 언어 규칙과 정보 체계 속에서는 목격되거나 감지되지 않는 것들을 새롭게 감각하고 지각하게 하는 능력 자질(ability)이다. 박경조 시의 미덕은 '차 씨'와 '장 씨', 그리고 '덕이 아지매'와 같은 이들이, 그저 화려한 도시의 "구색"이나 맞추며 살아가는 존재가 아님을 새롭게 발견하는 능력(감수성)을 지니고 있다는 것이다. 이는 시인이 고단한 삶을 살아가고 있는 "아낙"(「물때」), "현풍 할매"(「여름비」), "나연이 아빠"(「말복」), "유과집 어무이"(「봉덕시장」), "명자 할매"(「명자 할매」), "단골 할미"(「꽃가라 풍경」) 등의 이름을 하나하나 발굴하는 과정에서 잘 드러난다. 여기에서 '발굴'이라는 용어를 사용할 수 있는 이유는, 시인이 이들에게 새로운 삶의 가치를 부여하는 고고학적 실천을 수행하고 있기 때문이다.

　이 중에서도, 「명자 할매」라는 작품은 시인이 어떤 시적 가치
와 표현 방식을 통해 취약한 이들의 존재 조건을 형상화하고 있
는지를 잘 보여준다. 함께 작품을 읽어보자.

> 지하철 큰고개역 내려
> 동서종합시장 속 들여다보면
> 변방의 사람들 견딘 내력 새겨진
> 내 고장 할인마트, 명문 돼지국밥집, 스마일 빵집 등
> 삶의 구석 꽉 채운 백여 개 점포 살아간다
> (중략)
> 시장 재개발 이전에는
> 비바람 속 떠밀려 다녔지만
> 늘그막에, 세상의 봄날에 폐 끼칠 일 없는
> 내 인생의 특설 무대라며
> 시장 사람들 특별한 행사 날에는
> 자신의 무대 척 내어준다며 활짝 웃는 꽃,
>
> ――「명자 할매」 부분

　이 시의 배경이 되는 "동서종합시장"은 주변부로 내몰려 고
단한 삶을 살아가고 있는 이들의 "내력"이 기록되어 있는 곳이
다. 흔히 재래시장은 향토성과 인간성이 조화된 공간으로 인식
된다. 하지만 이 작품에서 형상화되고 있는 '시장'은 소박한 휴
머니티의 공간이 아니다. 시인은 시장이라는 공간의 주변성("변
방")에 주목하면서, 재래시장 사람들의 취약한 삶의 조건을 가시

화하고 있다. 즉, 자본의 논리("시장 재개발")에 의해 삶의 자리를 박탈당할 처지에 놓여 있는 이들의 사연을 환기하는 데 주력하고 있는 것이다. 하지만 그러면서도, 그녀는 시장 사람들의 이야기를 구구절절 나열하지 않는다. 시인은 '명자 할매'로 표상되는 시장 사람들의 "속사정"(「꽃가라 풍경–현풍 오일장」)을 모조리 기록하고자 하지 않고—"이동 커피 마니아 점주"인 "41년생 명자 할매"의 생애 내력을 중심으로 해서—, 독자들로 하여금 이들의 척박한 상황을 감각하게 할 뿐이다.

　시집 『별자리』에는 '시장'(혹은 좌판을 펼쳐놓은 '거리')이라는 장소가 중요한 시적 배경으로 제시되어 있다. 이는 박경조 시의 핵심적 특질 중 하나인데, 「봉덕시장」의 장소 형상화 방식을 통해 이를 살펴볼 수 있다.

　　듬성듬성 핀 개오동, 꽃그늘마저 배고프던
　　신천 굽이굽이
　　육이오정착촌, 일본군 80연대, 캠프헨리에 이른
　　엇박자의 역사 맥 짚어온 봉덕시장 가보시라

　　맨땅의 거기
　　언 병아리 같은 자식 여럿 뜨겁게 키워낸
　　상주 전통 손 유과집 어무이 사신다
　　돌아보면
　　남루하게 펄럭이는 청춘의 편린만 장터에 떠돌 뿐
　　정직한 손맛조차
　　길 건너 대형마트 그 도도한 구색 틈에

진열될 일 만무한데

—「봉덕시장—유과 집」부분

「봉덕시장」은 '시장'이라는 장소성을 아예 전경화하고 있다. "봉덕시장"은 "엇박자의 역사"를 구축해온 한국 현대사의 "맥"을 짚어볼 수 있는 장소이다. 하지만 봉덕시장의 '장소 정체성'을 구축하고 있는 것은, 거대하고 유장한 역사의 흐름이나 담론이 아니다. 오히려 뒤틀리고 굴절된 시대 상황 속에서도 "언 병아리 같은 자식 여럿 뜨겁게 키워"낸 "손 유과집"에 대한 따뜻한 기억이 봉덕시장의 장소성이다. 비록 이제는 "정직한 손맛"의 유과가 "길 건너 대형마트"에 밀려 상품 가치를 상실해가고 있지만, 봉덕시장의 '손 유과'는 여전히 우리 삶을 버티게 하는 생의 동력원이다.

이와 같이 박경조 시인은 사람의 사연을 이야기하되, 추상적이거나 관념적인 재현전화(再現轉化)의 방식을 사용하지 않는다. 그녀는 구체적인 생의 자리에서 사람의 흔적을 발굴하고, 또 새롭게 기록하고자 한다. 그것이 바로 '시장'(혹은 '거리')이라는 장소성에 대한 감각이다. 주지하다시피, 장소는 물리적 환경만이 아니다. 굳이 이푸 투안이나 에드워드 렐프와 같은 현상학적 장소이론가를 언급하지 않더라도, 장소(place)가 인간의 체험을 바탕으로 독특한 의미(장소성)를 형성한다는 사실은 쉽게 알 수 있다. 시집 『별자리』에 등장하는 장소들("구청 가는 길", "덕이 아지매 간이 채소가게", "로데오 골목", "선착장"의 "좌판", "봉덕시장", "동서종합시장", "현풍장" 등)이 사람의 기억과 온기로 가득 차 있는 것처럼 말이다.

그러나 구체적인 장소 경험에 근거하여 우리 사회의 소외된 존재를 감지하고자 하는 시인의 작업은, 사적 기억의 환기와 복원을 목적으로 한 것이 아니다. 이는 『별자리』의 내용적 차이와 구성 방식에서 방증되는 바이다. 『별자리』의 1부와 4부는 자연을 통해 가족에 대한 기억과 "어머니"라는 원형적 심상을 반추하는 것이 특징이다. 이와 달리, 『별자리』의 속살을 구성하는 2부와 3부에서는, 우리 사회에서 자기 몫을 부여받지 못한 채 살아갈 수밖에 없는 '내쫓긴 자들(outcast)'의 모습을 형상화하고 있다. 하지만 전자와 후자 사이의 간극은 '시상(詩想)의 단절'이 아니라, 시적 지평의 '사회적 확장'을 의미한다. 다음의 시를 보자.

수평선도 하늘도 보이지 않는
어둠만이 갈기를 세워
밀려왔다 금방 돌아서 간다
실오라기 하나 걸치지 않은
파도와 어둠을 응시한 내 시야에
이제사 뚜렷하게 윤곽을 드러내는
이 땅의 음모들, 거대 담론들만 희번득일 뿐

어디에도 사람은 없었다, 없다

어둠도 깊이 껴안고 응시하다 보니

보여주는 마음 있어

4월의 꽃 흩날리던 진도 앞바다

그날 그렇게 멈춰버린 시간 속에

세월의, 세월 흘러도

차디찬 맹골수도 여태 맴도는

저 어린 나비들

어루만질 수 없어 가슴 콱 막혀오는

새파랗게 소름 돋은

우리 아이들의 어깨다

나는, 다시

맨손으로라도 이 땅의 검은 밭 매야 할

눈물이다, 어미다,

—「검은 밭」 전문

　세월호 사건은 이 시집의 소실점 역할을 한다. 1, 3, 4부와 달리, 2부는 끝없이 침잠하는 하강적 이미저리로 가득 차 있다. 힘겹게, 너무도 힘겹게 토해놓은 시인의 말은, 조각조각 부서져 추락할 수밖에 없는 이곳 "어디에도 사람은 없"다는 절망적인 한탄이다. 구체적인 장소 감각 속에서 사람을 발견하고자 하는 박경조 시인의 시적 지향이 곤경에 처하는 것은 이 지점이다. 어떤 "하늘도 보이지 않"고, 너무나도 "캄캄"(「사진각구 팝니다」)한 시공간 속에 놓여 있기 때문에, 사람과 자연의 모습 자체를 묘사할 수가 없는 것이다. 그래서일까? 그녀에게는 '봄'(「검은 봄」)조차도 검고 어둡다.

　너무나 힘겹고, 고통스럽지만, 시인은 어둡고 절망적인 현실 속에서도 새로운 삶의 희망을 인양하는 존재이다. 하이데거가 횔덜린 시인을 '역사의 선구자'라고 불렀던 것과 같이, 시인은 신들이 사라져버린 세계 속에서도 새로운 삶의 여명을 밝히는 시대의 등불이 되어야 한다. 박경조는 그러한 '시인의 사명'을 너무나도 잘 알고 있다. 가슴 먹먹한 사건을 언어를 통해 육화하면서, 그녀는 "어미"의 마음으로, 또 어미의 "눈물"로, "여린 목숨들의 귀환"(「4월」)을 소망한다. 그것도 "맨손"으로 말이다. 하지만 그녀는 차가운 "맹골수도" 속에 가라앉아 있는 "아이들"의 귀향이 기도를 통해서는 이루어질 수 없다는 사실을 잘 알고 있다.

　시적 화자의 눈은 '세월호 사건'을 통해 크게 변화한다. 이제 그녀의 눈은 세상의 외적 양상을 입안하는 '시선(vision)'의 기제가 아니라, 우리 사회의 어두운 곳("어둠")을 투사하는 '응시(gaze)'의 투시경이 된다. 시선이 눈에 보이는 형상을 이미지화하고 각인한다면, 이와 달리 '응시'는 눈에 보이지 않는 것들을 감각하고 폭로한다. 시 「검은 밭」에서, 시적 화자는 "응시"를 통해 어둡고 컴컴한 세상 속에 숨겨진 "음모"와 "거대 담론"을 가시화한다. 또 "권력"과 "우등"을 통해 구축된 가짜 질서의 계보학과 서열주의를 비판("비겁한 계절", 「검은 봄」)한다. 사회적 약자를 다룬 2부의 여러 시편과 소외된 타자(들)의 거처를 다룬 3부의 작품들은, 모두 이와 같은 '응시' 과정 속에서 새롭게 포착되고 또 발견되는 것이다.

이러한 시적 지평의 확장 양상은, 자연스럽게 현실("이 땅", 「양파」)의 구조적 모순과 부조리에 대한 관심과 고발로 이어진다.

> 세 번을 갈아타야 지상에 오를 수 있는
> 지하철 수성구청역 에스컬레이트
> 다시 고용 승계 애원하듯
> 츠륵, 츠르륵
> 마지막 계단 톱니 꽉 물고 설핏 비켜가는
> 정오의 심장에 쿡,
> 발자국 찍어보는 저 청년의 등짝
> 아직 때 아니라고 단풍도 낙엽도 되지 못한
> 중국단풍 가지 사이로 얼룩얼룩 표류하는
> 섬 하나
>
> —「얼룩」 부분

시 「얼룩」은 우리가 "얼마나 밑바닥에 서 있었는지 알지 못했다"라는 자각으로부터 출발한다. 우리가 사는 세상이 개인의 노력만으로 행복("해피데이")해질 수 있는 낙관적인 세계가 아니라는 것, 다시 말해 "살벌한 자본주의 골목"(「로데오 골목」) 속에서 사람이 "살아"가는 "법칙"(「봄」)은 개별자의 능력이나 도덕률이 아니라는 것이다. 왜냐하면 이곳은 "코피가 터지도록 바짝 엎드려"서 일해도, 지상으로 가는 환한 출구를 만날 수 없는 낮고 어두운 "밑바닥"이기 때문이다. 정규와 비정규, 지상과 지하의 삶은 엄정하게 구분되어 관리된다. 아무리 "애원"해도 "2년 시한

부계약"의 삶은 "승계"되지 않고 "표류"할 뿐이다. 정주할 장소가 없다는 것. 이것은 현대사회를 살아가는 청년들의 삶이 얼마나 위태롭고 취약한 상황에 놓여 있는지를 잘 보여주는 징표("얼룩")이다.

그녀는 이와 같은 계층적 분열과 청년 세대의 고립감을 "섬"이라는 지정학적 조건으로 표현한다. 통상, 서정시는 세계와 자아의 아름다운 합일 과정이라고 생각하는 이들이 많다. 하지만 사실 시는 세계와 자아의 분열과 균열 과정 속에서 새로운 삶의 가치를 고구하는 표현 양식이다. 그러므로 시인은 안정적인 삶의 자리에서는 목격할 수 없는 '존재'와 '사건'을 탈은폐하는 역할을 수행한다. 박경조 시인이 "6개월짜리 계약직"에 기댄 "노인들"(「봄, 꽃」)과 "비정규직"을 "전전"하다 농촌으로 떠밀린 일용직 노동자(「양파」)나 이주 노동자(「얼음 구멍」)의 "눈물"을 담아낼 수 있는 까닭은, 그녀가 단순한 신체적 기관으로서의 눈('시선')이 아니라, 예민한 존재 감각('응시')을 지니고 있기 때문이다.

하지만 시인의 핵심 비판 전략은 '4대강 사업'을 조롱하는 것("오직 살리기, 살리기 위한다던/그 몰염치의 프로젝트", 「낙동강」)과 같이, "권력"(「검은 봄」)을 향해 격발되는 직핍한 언설에 있지 않다. 『별자리』의 주된 창작 방향은 현실 권력에 대한 노골적인 비판보다는, 사회적 약자를 재생산할 수밖에 없는 사회구조적 모순을 섬세하게 포착해내는 방식으로 수행된다. 왜냐하면 시의 정치성이란 현실정치의 어긋남을 직설적 언어를 통해 격퇴하는 것이 아니라, 우리 사회를 관리하는 인지적이고 감성적인 질서 체제를 새롭게 재분배하는 데 있기 때문이다. 그렇다면 그것은 어떻게 가능한 것일까? 시인은 자연과 사람의 성찰적 관계 구도 속에서 우리 삶의 새로운 가능성을 정초하고자 한다.

> 하늘과 물안개 하나 된 공산폭포
> 이쯤에서 한번 뒤돌아보거라
> 아래로만 흘러가는 물결에도
> 탐욕이 실리는지
> 절벽이다
> 온몸 얼얼하도록 채찍질하는
> 맵고 뜨겁고 차디찬 낙차에
> 무섭게 붉어진 개옻단풍 가지 사이로
> 얘야, 여기 피해 갈 생이란 없단다
> 어머니 목소리에
> 살얼음 끼는 소리
>
> ―「폭포」 전문

이 시는 "공산폭포"라는 자연물에 빗대 인간의 자기 성찰을 촉구하고 있는 작품이다. 폭포는 위에서 아래로 흐른다. 얼핏 보면, 폭포의 흐름과 낙차란, 자연의 이치와 순리를 보여주는 듯하다. 하지만 시인은 여기에서 한 걸음 더 나간다. "차디찬 낙차", 낮은 것을 향해 흐른다고 해서, 그것이 곧 진리는 아니라는 것. 우리가 옳다고 믿는 신념과 가치("아래로만 흘러가는 물결")에도 욕망("탐욕")이 탑재될 수 있으며, 그것이 인간의 삶을 "절벽"

으로 내몰 수 있다는 것이다. 그렇다면 문제의 핵심은, 상하좌우의 '방향성'이 아니다. 시인은 '아래로 흘러야 한다'는 방향성을 따르는 것보다, 특정한 곳을 향해 달려갈 때 누락하지 말아야 할 '자기 성찰'을 더욱 강조하고 있다. 아래로, 아래를 향해 달려가되, "이쯤에서 한번 되돌아보"는 자기 성찰 역시 잊지 말아야 한다는 것이다.

자기 성찰의 중요성은 「꽃」이라는 시에서 더욱 잘 드러난다. 이 작품은 「폭포」의 문제의식을 구체적으로 진전시키고 있는데, 꽃은 시적 화자의 성찰적 대상이다. 가지꽃 송이는 "하나같이 땅을 쳐다보고 있"으며, 모두가 "양지 쫓아 윗자리 옆자리/ 눈치 재는 시절"에도 "자성(自省)"적 태도를 잃지 않는 삶의 표본이다. 시적 화자는 이런 꽃을 보며 부끄러움("참 부끄럽습니다")을 느낀다. 시인의 이러한 자기 성찰적 태도는 생의 '균형 감각'을 의미한다. 그녀는 우리 삶이 어느 한쪽("위와 아래", 혹은 "오른쪽과 왼쪽")으로 치우칠 경우, 반드시 "나머지 한쪽"은 "쓰라"(「꽃받침」)릴 수밖에 없다는 사실을 잘 알고 있다. 박경조의 시가 부조리한 세상을 비판하거나 소외된 이웃을 노래하면서도, 교조적 운동성과 속류 이데올로기에 경도되지 않는 것은 이 때문이다.

「폭포」나 「꽃」 외에도 『별자리』에는 자연을 소재로 삼고 있는 작품이 상당히 많다. 하지만 자연과 문화의 경계를 구분하는 근대문명론의 인식적 폭력이 『별자리』에서는 발견되지 않는다. 그녀는 자연을 이야기하면서도, 이분법적인 문명 비판이나 세태 비판으로 치우치지 않는다. 왜냐하면 시인은 자연과 인간의 우위를 설파하는 것이 아니라─단순한 자연예찬론이 아니라─, 사람의 생(生)을 자연 속에서 녹여내고자 하기 때문이다. 그러므로 시인에게 자연이란 곧 사람이다. 이는 「우산」과 「목소리」에서처럼, 자연의 순리가 인간 삶의 원리임을 간명하게 포착하거나, 「호박」에서와 같이, 시적 화자가 느낄 수 있는 "다디단" 삶이 "늙은 어미"(「호박」)의 "쓰디쓴" 인생 속에서 발아된 것임을 통해 잘 드러난다. 이렇듯, 시인의 작품, 아니 시인의 자연과 사물 속에는 언제나 사람이 있다.

즉, 시인에게 사람은 "직진도 후진도 불가능"(「늪」)한 "불확실한 세상"(「1인분의 하루」)을 함께 견디고 살아가는 여전한 힘이다. 이를 잘 보여주는 작품군(群)이 이른바 '별의 시편'이라 부를 수 있는 「별자리」, 「별」, 「송림사 밤별」 등이다.

새파란 싹 숨구멍 내주던 동구 밖 미나리꽝
철사줄 박아 만든 앉은뱅이 그 썰매
작은오빠 몰래 한 번만 타본다는 게 그만
얼음 구멍에 발목까지 빠졌으니
모닥불 피운 논둑에 모여 앉아
나일론 양말 말리다 보면
졸음에 겨워 스르르 눈 감겨도
신기하지, 불똥 맞은 내 양말
구멍구멍으로 돋아나던 하얀 별

별은 하늘에만 뜨는 줄 알았지
가슴에서부터 뜬다는 것 그때는 몰랐다

빌딩숲에서 밤하늘 올려다보며 문득, 드는 생각
양말 벗어 말리던 또래들 두 볼도 별, 하나
나무라지 않고 집으로 데려가던
커다란 오빠 손도 별, 하나
갓 지은 저녁밥 아랫목에 묻어두고
나를 찾아 나온 엄마 목소리도 별, 하나
지금 내 가슴에 박혀 있는 총총 그 별들은

세상으로 통과하는 숨구멍

— 「별자리」 전문

　윤동주 시인의 저 「별 헤는 밤」이 그러했듯이, 시인에게도
'별'은 '기억'이고 '사람'이다. 별이 "총총" 박힌 자리에는 유년
시절의 기억이 고스란히 새겨져 있다. 큰오빠, 작은오빠, 그리
고 "저녁밥을 아랫목에 묻어"두고 나를 찾아 나온 엄마까지. 별
은 기억이고, 나를 세상과 소통시키는 생의 호흡이자 통로("숨구
멍")이다. 또 별은 "가족사진"(「아버지」)과 같은 사랑의 기록인 동
시에, 때로 "상심한 나를 들어 올"(「늪」)리는 구원과 희망의 지렛
대이다. 그것은 "무성한 여름을 보내고 다시 봄이 될 때까지/저
절로 맺히는 열매 없다며/혼신을 다한 저 생애 법칙"(「마지막 봄」)
을 알려준 '어머니'의 마음("별빛")과 다르지 않다. 이 마음의 반
짝임, 혹은 "별빛"은 자식들을 위해 스스로 "소태"(「호박」)되기를
마다하지 않았던 어머니의 기억과 교차하며 아름답게 형상화되
고 있다.

별은 현재의 고단한 삶을 견디게 하는 "내 뼈의 첫 자리"(「별」), 혹은 "빌딩숲"으로 둘러싸여 있는 "오욕 덩어리 도시"(「숨구멍」)에서도 숨 쉬며 견딜 수 있는 삶의 자원이다. 하지만 그렇다고 해서, 별(혹은 별빛)이 시적 화자의 개인적인 기억만을 환기하는 사물은 아니다. 별에서 뿜어져 나오는 "별빛"은 어두운 밤의 타자를 위한 "배려"(「송림사 밤별」)이다. 시인이 '별'이 아니라 '별자리'를 서시(序詩) 격으로 제시하고 있는 것에 주목할 필요가 있다. 별에 대한 기억은 각자 다르지만, 별자리의 상징성은 보편적이다. 별자리의 의미는 문화권별로 다를 수밖에 없지만, 사람들이 각자의 "별"을 통해 공통의 희망("자리")을 모색하고자 한다는 점은 어느 곳에서나 다르지 않다. 그러므로 '별자리'를 노래한다는 것은, 별과 별 사이를 상징적으로 연결함으로써, 개개인의 사연과 기억을 '공동의 의미'로 재분유하는 연대의 행위와 다르지 않다. '나'의 별은 '너'의 '별'이 되고, 다시 '우리'의 '별'이 된다. 그렇다면, 박경조 시인에게 '별자리'란 물리적인 형태나 수학적 좌표가 아니라, 우리 모두를 성장시키고 인도하는 희망의 성좌(星座)가 되는 셈이다.

이와 같이 공통의 별자리를 모색하는 작업은 희망의 좌표를 탐색하는 시적 실천과 다르지 않다. 왜냐하면 시인의 별자리 속에는 인간의 시간과 장소, 혹은 사람의 기억과 온기가 기입되어 있기 때문이다. 부조리와 모순에 찬 세상이 우리 삶과 무관한 자리에서 갑작스럽게 변혁될 것이라고 기대하는 것은 환상이다. 어긋나고 비틀어져 침몰해가는 현실이라고 하더라도—

110

이를 초월하고자 하는 것이 아니라―, 시인에게는 그것을 기록하고 인양할 책무가 있다. 박경조 시인의 두 번째 시집『별자리』의 가장 큰 미덕은 바로 그러한 시적 소임을 포기하지 않는 데 있다고 하겠다. 그녀의 시가 소외된 삶의 자리와 은폐된 진실을 함께 밝힐 수 있는 희망의 언어로 독자들에게 오롯이 전달되기를 바란다.

朴炯俊 ┃ 문학평론가 · 부산외국어대학교 교수